衛斯理系列 少年版 11
地底奇人

作者：衛斯理

文字整理：耿啟文

繪畫：鄺志德

衛斯理
親自演繹衛斯理

老少咸宜的新作

　　寫了幾十年的小說，從來沒想過讀者的年齡層，直到出版社提出可以有少年版，才猛然省起，讀者年齡不同，對文字的理解和接受能力，也有所不同，確然可以將少年作特定對象而寫作。然本人年邁力衰，且不是所長，就由出版社籌劃。經蘇惠良老總精心處理，少年版面世。讀畢，大是嘆服，豈止少年，直頭老少咸宜，舊文新生，妙不可言，樂為之序。

　　　　　　　　　　　倪匡　2018.10.11　香港

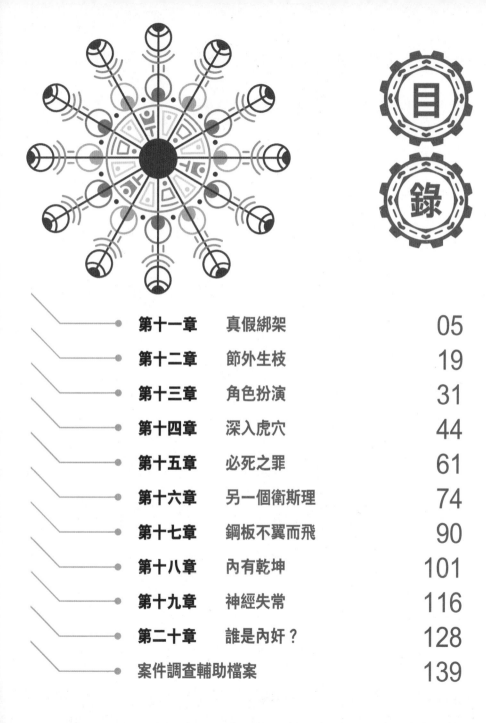

目
錄

主要登場角色

白老大

白素

宋堅

衛斯理

程警官

白奇偉

秦正器

第十一章

真假綁架

我提議由我冒充秦正器參加七幫十八會的大集會，秦大哥聽了，呆了半晌。

我說：「我有一個朋友，是一國的 外交官 ，最近調到這裏來，你躲在他的 領事館 中可保安全之外，他還可以協助你戒除遊戲上癮。」

我所說的那位朋友，就是「鑽石花事件」中的 G領事 。秦正器苦着臉說：「真的要戒麼？」

我毫不猶豫地答道：「當然要戒！」

秦正器自袋中摸出一隻 紙猴子 ，連同那片鋼板，一起放在我的手中，說：「兄弟，你要小心啊！」

「嗯，如果分到了錢，我會如數交給你。」

秦正器怒道：「你這是什麼話，黃龍會本來是窮會，也不會稀罕別人的錢，你再說一個錢字，就別叫我**秦大哥**了！」

　　當年于廷文所藏起的那筆錢，即使分成了二十五份，也是驚人的數字，但秦正器就是這樣的一個人。

　　我小心將**鋼板**和*紙猴子*藏好，連夜和他去找**G領事**，G領事一口答應，而我也放心了。

　　回到家中，紅紅一見我便問：「表哥偷偷去哪兒了？都不等我！」

　　「表哥去散步而已。」我不敢將實情告訴她，因為冒秦正器之名去參加**七幫十八會**的大集會，這豈是鬧着玩的事情？

　　紅紅不是傻瓜，當然不太相信，但她居然沒有多問，只掏出手機讓我看，「表哥，你看！」

　　我一看，原來是**田利東夫婦**在**社交平台**上分享了照片和動向，他倆已經離開了那座巨宅，到歐洲遊玩散心去了。

接下來的幾天，我每天到醫院去看小郭，他並無起色。到了第四天，陰曆八月十四日，卻突然出了事，紅紅**失蹤**了。

當時我聽到老蔡在大聲地叫着「**紅紅**」，我並沒有在意。十多分鐘後，老蔡來書房問我：「你有見過紅紅嗎？」

我聳了聳肩：「午飯過後就沒見過了。」

老蔡皺着眉，「奇怪，她去了哪裏呢？電話又打不通，現在都要吃晚飯了。」

「她會不會又躲在 **地窖** 裏？」

老蔡搖頭道：「我全屋上下，甚至屋外都找過了。」

我們只好先吃晚飯，一邊吃，一邊擔心着紅紅會不會出事。

忽然間，我的手機響了起來，卻沒有顯示來電號碼，我一接聽，一把女人的聲音説：「衛先生？」

我有不祥的預感，答道：**「是，你是誰？」**

那女人説：「你等一等，有人要和你説話。」

話音剛落，我隨即聽到紅紅的聲音在叫道：「理表哥，理表哥！」

我急忙問：「紅紅，你在哪裏**？**」

但是紅紅的嘴巴好像被搗住了，又傳來那女人的聲音：「我知道你表妹家在美國，很有錢，而衛先生你也是拿得出錢來的人，我們不要多，只要**二十萬** **美金** 就行！」

我直覺懷疑她不是什麼**綁匪**，而是白老大兒子所玩的把戲，於是我說：「請你們的首領跟我講話。」

那女人一笑，「我就是**首領**。」

我不相信，繼續試探說：「不，我要直接跟小白談。」

「小白？什麼小白？」那女人的演技不錯，能裝出**莫名其妙**的語氣。

她堅決不認，我糾纏下去也沒有用，只好問她：「好，什麼時候，什麼地點交贖金？」

「明天下午三點，你到 **清靜山** 去，我們會和你聯繫，你要親自去！」

明天是**中秋**〇，去了清靜山，稍有耽誤的話，十六晚上便趕不及參加那大集會了，我連忙説：「錢不成問題，可是時間方面——」

我只講到這裏，對方便已經掛線了。

時間上的巧合，使我更加認定這是一個**陰謀**，對方的目的並不在於錢，而是要將我誘開去，防止我插手**八月十六日**的大集會。

可是紅紅的確在他們手上，我也別無他法，只好以舊報紙紮成了方方的一包，看來像是一包錢，反正他們也不是真的要錢，我就去看看對方玩什麼把戲，好好教訓他們一頓！

到了第二天中午，那女人還沒有電話來。我有駕駛快艇的**執照**，吃過午飯後，我便親自駕駛**快艇**前往清靜山離島，兩點半左右上了岸。

我在碼頭上一直等待着那女人的來電，忽然之間，一個島上小姑娘向我走過來，揚了揚手中的信問：「先生，這封信是你的？」

　　我看到信封上寫着我的名字，便說：「是。這信是誰給你的？」

　　我一面說，一面伸手想拿信，那小姑娘卻將手縮回說：「先生，那大姑說，送信會有獎勵👍。」

　　我心中暗自苦笑，掏出一張二十元紙幣給她，「去買糖吃吧。」

　　那小姑娘把信交給我，便歡天喜地地轉身跑了。

我拆開信一看，信中只有十二個字：**山頂相會，紅花為記，不見不散。**

不直接用電話聯繫我，**故弄玄虛** 玩這麼多花樣，果然是想拖延我的時間。我心中已下了決定，傍晚之前我無論如何也會離開，不讓他們 **奸計得逞**。

中秋節，到這裏來的人很多，我花了一個多小時，好不容易才擠到山頂去。山頂上有着不少**寺院**，遊人也不少，我一出現，一個襟上佩了**紅花** 的少女便向我走來，以十分老練的聲音說：「**衛先生麼？** 請跟我來。」

我便跟着她走，她走的是下山的路，離開了山頂沒有多久，曲曲折折，轉入了一條偏僻小道。我心裏猜度着她準備帶我繞多長的路，拖延我多少時間之際，沒想到轉眼便來到目的地了，那是一片四面都被樹木遮蔽的平地。

平地上站着一個三十不到的女人，**濃妝艷抹**，一見我，就轉過身來問：「錢帶來了嗎？」

我聽出她正是電話中和我通話的那個女人。

帶路的少女已經離開了，這片**人迹罕至**的空地上，只有我和那個女人。天色漸暗，我拍了拍紙袋說：「帶來了！人呢？」

　　那婦人一笑，「人自然不在這裏，你將錢給我，明天，她就可以到家了。」

　　我爽快地把那包 **假錢** 連同紙袋拋給她，看她接下來會玩什麼花樣來拖延我，我已經準備好跟他們大戰一場了。

　　怎料那婦人接過紙袋後，只看了一眼袋中的東西，便說：「量你也不敢騙我，我存好這筆錢後，自然會放了你的表妹，你放心吧。」

　　她竟然轉身就走，沒有做任何拖延或抓住我的行動。我大感驚訝，因為我一直認定他們不是為錢綁架，而是為了阻撓我插手明天 **七幫十八會** 的集會，所以我才會隨便帶一包假錢來，準備憑 **身手** 救出紅紅。

　　如今對方竟然真的只求財，是真正的 **綁匪**，當他們發現那包錢只是報紙的時候，那麼紅紅的性命……

我實在不敢設想，立刻緊張地叫住那女人：「等等！」

第十二章

節外生枝

我踏前一步，伸手握住她的手臂説：「**那包錢是假的！**」

她立刻怒瞪着我，「你知不知道，如果我不能順利把二十萬 **美金** 帶回去，你的表妹會有什麼下場？」

我連忙辯解：「小姐，你該相信，我絕不是不捨得那筆**贖金**，只是我疑心你們目的不是為錢，所以才沒有認真準備現金來。」

「不要錢要什麼，笑話**！**」她罵道。

「我可以轉帳。」

「當我們是傻子嗎？給你帳戶號碼，然後讓警察追蹤我們的身分？」

她甩開我的手想離開。我連忙動腦筋，突然靈機一動說：「等等，我可以給你 比特幣！」

萬一她不懂什麼叫比特幣，我也不知道該怎麼說服她了，幸好她雙眼一閃說：「你有那麼多的比特幣？」

我登時鬆了一口氣：「當然有。」

她掏出了 手機，讓我發送比特幣給她，辦妥後，她說：「好，待交易確認後，我們就會放人，就這樣吧！」她說罷便轉身走了。

我嘆了一口氣，早知道可以用比特幣交贖金，就不用這樣 勞師動眾，浪費我的時間。

時候不早了，我趕忙依原路離開，但剛回到那 寺院 門口的時候，發現有人在跟蹤我。

我轉過身去，跟蹤我的人立即止步。我仔細一看，他們竟有六七人之多，而且各人腰間顯然藏着**手槍** 。

誰會這樣猖狂，公然懷槍來跟蹤人？直到他們毫不掩飾地向我走過來，我便**恍然大悟**，他們是便衣警察！

為首的那人掏出委任證說：「我是**程警官**，請你到警署協助調查。」

六個便衣人員將我團團圍住，我感到**莫名其妙**，問道：「調查什麼？」

程警官的語氣漸漸變差，「當然是調查你。」

「我犯了什麼事**？**」我的語氣也重起來。

「你自己心知肚明，回到警署便一清二楚了！」程警官指示下屬把我押回警署。

到達警署後，他們將我押進一間光線十分明亮的房間。程警官說：「仔細搜身！」

我只求盡快離開，所以也不爭辯，脫下**西裝外套**，張開雙臂，任由兩個便衣人員仔細檢查，並沒有什麼意外的發現。

　　程警官皺眉想了一想，霍地站起來說：「把他的西裝外套拿來！」

　　一名便衣警員便將我剛才脫下的西裝外套交給了程警官，程警官 **翻來覆去** 地看了一會，突然發出一聲冷笑，「嗤」的一聲，撕破了衣服的夾裏。

　　此刻我幾乎不相信自己的眼睛，因為夾裏中竟然跌出了一包 **粉末** 來。

他用手量着那包粉末，盯着我説：「現在，你知道為什麼被捕了吧？」

他接着又對下屬説：「通知線人，線報正確，可以領獎。想不到一直緝而不獲的國際大毒販☠，原來是你！」

程警官指住我的鼻尖，此刻我真是百口莫辯！

他們帶我到另一個房間，程警官親自盤問我，我堅決地説：「我是被人誣害的，我要和律師聯絡！」

「如今人贓並獲，律師也幫不了你！」

除了律師，我還認識不少警方的高層人員，他們清楚我的為人，會相信我是被陷害的。我要求聯絡他們，可是也一一遭程警官拒絕。

這離島只有節日的時候比較熱鬧些，平時人煙稀少，十分寧靜，基本上沒什麼罪案發生，所以這裏的警察

也沒辦過什麼大案。如今抓到一個「大毒販」，自然興奮不已，絕不會輕易放過。

我不知道這些毒品是什麼時候被人栽贓到我身上，大概是擠擁着上山的時候，我失去 **警覺性**，對方混入遊人中，以極巧妙的手法，劃破了我的西裝夾裏放進去的。

我低估了白老大的兒子，他佈局精明，引我到離島，栽贓誣害我，使我被困於警署，無法插手他們的大會！

可是我又不方便把這些事情向警方透露，而等到我可以 保釋，或者聯絡上警方高層的時候，他們的大集會也早已結束了！

他們對我的盤問，我一概不回答，一直到了天亮。

我被鎖上 **手銬**，蒙住了頭，給兩個人帶了出去，來到了一個 碼頭。我知道警方要將我解到市區的大警署

25

去，這畢竟是一宗嚴重的毒品案。

今天已經是八月十六了，如果不能脫身的話，便趕不及參加七幫十八會的大集會。

在**水警輪**上，我猶豫着要不要放手一搏，反抗逃走，跳船離去。但我考慮再三，還是不想**輕舉妄動**，等到了警署再說。

一個多小時後，我上了岸，警車飛快地把我送到**警署總部**，我又被帶到一個房間裏去，暫時關起來。

時間一分一秒過去，我也愈來愈着急，甚至已經下了決心，只要一有人來開門，我就拚盡全力硬闖出去。

一直到了近中午時分，程警官終於來見我，我已蓄勢待發，准備出手之際，卻見他的面色緩和了許多，並且尷尬地說：「你可以走了！」

「**什麼？**」我幾乎不相信自己的耳朵。

「那包粉末剛剛有檢驗結果了，是爽身粉。」

我登時忍不住大笑：「哈哈……你們不是跟我

開玩笑吧**？**」

只見程警官 **面如死灰**，十分尷尬，似乎剛剛也受到上級的嚴厲批評。

他為我解開手銬，在我的肩頭上拍了拍說：「衛先生，希望昨晚的事情，你不要介意。」

此刻我心裏仍然為爽身粉當作白粉這個笑話忍俊不禁，勉力地忍着笑説：「當然，那算不了什麼一回事。」

程警官望了我半晌，説：
「還有一件事，我想請問你的。」

「什麼事？」

「最近，我們發現有幾個遠在南洋，甚至在美國的中國幫會頭子，都來了這裏，你可知道是什麼原因？」

我聳聳肩説：「**不知道。**」

程警官也不再説什麼，便將我送了出去。

我回到家裏，已經是下午二時左右了。只見老蔡坐在客廳中，**愁眉不展**，見到我便連忙站起來説：「阿理，你到什麼地方去了？急得我差點去報警！」

我聽到他說「**報警**」兩字，心中不禁暗自苦笑，「別多說了，紅紅回來了沒有？」

「她半夜就回來了，但聽說你在為她奔走，她又出了去，說是去救你，一直到現在還沒有消息。」老蔡說。

「你繼續嘗試聯絡她吧，今天晚上我有事要出去。」

我知道紅紅安全就夠了，暫時沒時間為她操心，因為今天晚上，我有很重要的事要辦。

第十三章

角色扮演

　　我休息足夠後，便開始化裝，足足化了兩個多小時，將自己的容貌完全改了過來，使人看不出我是衛斯理，而是秦正器。我還不斷**自言自語**，學習秦正器說話的語氣，和他家鄉的**土語**。等到我準備就緒時，天色已經近黃昏了。

　　我吃過晚飯後，便在睡房裏關燈休息。紅紅依然未有消息，既然她已經被釋放，應該沒有什麼危險，假如她又落到白老大兒子的手上，我唯一能做的，就是**深入虎穴**，救出紅紅，所以無論如何，我必須參加這個大會。

我在椅子上睡了兩三個小時，一覺醒來已經是十點鐘了。

我唯恐白老大的兒子會派人來 **監視** 我的行動，因此我沒有開燈，也吩咐老蔡關了全屋的燈，然後悄悄地從後門離開，迅速掠到橫巷遠去。

我步行前往湯姆生道二十五號，將要到達之際，看見路邊兩張長椅上坐着四個人。

他們一見我走過，便咳嗽了一聲，其中一個低聲説：

「來者何人，報上名來。」

如果是普通路人，定會以為他們是瘋子，或者是醉漢，急急離開。但我知道是什麼一回事，所以停下來説：

「黃龍會 秦正器。」

那四個人含蓄地向我行禮，作了一個請我繼續向前走的手勢，我便 **大搖大擺** 地向前走。

到了大宅門口，又有兩人迎了上來：「黃龍會的秦兄

弟麼？」

顯然剛才四人已向其餘的人通了消息，知道我「秦正

器」已抵達。我沉聲答道：「是。」

我一面說，一面取出那隻 紙 猴子 ，但那兩個

人搖着手説：「不用，等一會才要。」

他們輕輕地吹了一下口哨，立即又有一個人從黑暗中走了出來，對我略為打量了一下，便説：「跟我來。」

「白老大可好嗎？」我問。

他**愛理不理**地説：「等一會你便可以見到他了，何必多問？」

如果是我自己，當然不會與他這種人多計較，但如今我的身分是秦正器，不但要外表像他，而且性格也要像他。因此我立即**破口大罵**：「混帳！你是什麼東西？我好意問問白老大，你來向我擺什麼臭架子？」

那人愕然地回過頭來望着我，我的聲音更大了，叫道：「請白老大出來，有什麼不是，我秦正器向他**叩頭賠罪**！」

那人堆起笑容，「秦大哥，請你別嚷。」

這時候，只見三條人影從大宅裏掠出，一看身形便知

道是 ✦神鞭三矮✦ 了。

他們三人一到，便叱退了那個帶路的人，齊聲問我：「秦兄弟，多年不見，還是這等火爆脾氣？可還認得咱們麼？」

我假裝仍然 **氣鼓鼓**地說：「原來是你們三個矮鬼，燒了灰也記得 **！**」

神鞭三矮笑了起來，一個道：「秦大哥別生氣，白老大很好，老惦記着七幫十八會的弟兄，所以才有今日的集會，秦大哥請跟我們進來！」

神鞭三矮推開了鐵門，讓我進去，我跟着他們走進了大廳，只見巨宅上下一片 **烏黑**，完全不像有什麼大事要舉行。

他們領我向那座鋼琴走去，我不明白他們的用意，但當來到**鋼琴** 面前時，鋼琴突然發出了「**叮冬**」的琴音。我立即叫道：「矮子，有鬼！」

　　神鞭三矮笑了笑，將鋼琴向外推了開去，地板竟然自動打開了一個三尺見方的洞，洞內還隱隱有 燈光 傳了上來。

　　神鞭三矮向那洞下一指，「秦大哥，請你下去，我們還有事，下面自有人招呼的。」

　　我答應了一聲，便向下走，而上面的鋼琴也移回了原來的位置。我抬頭一看，發現那木鋼琴的底部有一小片突兀的塑膠，我相信塑膠內是無線**接收器**，這座鋼琴是經人改裝過的，內有**電子零件**，所以能接收信號自行彈奏。

　　我向下走了七八十級石級，仍然一個人也沒有遇到，什麼地窖會有這麼深？我只好繼續往下走，同時仔細地觀察着四周，我猜測這地道可能是通向一個防空洞的。

　　我終於來到了一扇門前，門的兩旁都裝有 **攝像鏡頭**，門打開了一個小洞，傳出聲音：「秦兄弟，你那隻紙猴呢？」

　　我立即將秦正器交給我的紙猴子，放進小洞去，然後小洞又關了起來。

　　大約三分鐘後，門忽然打開，我首先見到的，便是白老大的兒女。

　　白素先開口：「秦大叔，這位是家兄**白奇偉**，我叫**白素**。」

　　我「噢」的一聲，「你們是白老大的兒女？」

　　白奇偉一臉傲慢地說：「是。」

　　「**白老大可好麼？**」我問。

　　白奇偉冷冷地道：「好。」

　　就在這時，一個人走了出來，我認得他，就是那

杜仲。白奇偉問他：「檢查好了沒有？」

杜仲望了我一眼，向白奇偉報告說：「經過檢驗，那紙猴子確是我們所發出去的，但是紙猴上，卻有着第二個人的 指紋 ！」

我聽了之後，不禁暗暗吃驚，真料不到，白奇偉辦事居然如此精細。

白奇偉嚴肅地問：「秦大叔，請問你的紙猴子上，為什麼會有別人的指紋？」

到了這時候，我不得不硬着頭皮怒罵：「什麼指紋不指紋的？到底要不要姓秦的參加？不要的話，秦某轉身就走，誰 稀罕 來這裏！」

白素連忙安撫我說：「秦大叔，請息怒。」

這時候，門內已經有七八個人走過來，圍在我們的周圍。

那地方不出我所料，是一個大 防空洞 ，那七八個人

全都沉着面色望着我，看來只要白奇偉一聲令下，他們便會對我不利。

　　白素急忙替我解釋：「哥哥，多了一個人的指紋有什麼關係？可能是我們的人忘了戴手套，留下了指紋，這不是秦大叔的錯。爹正等着和老朋友見面呢，別再多**耽擱**時間了。」

　　白奇偉冷笑一聲說：「別人的指紋也就算了，但這個指紋，卻是**衛斯理的！**」

　　我手心不由得冒出汗來，我千小心、萬小心，避免露出破綻，可是又怎能料到白奇偉竟會檢查紙猴子上的指紋，而且還存有我的指紋檔案，使他能辨認出來！

　　白素也失聲道：「是衛斯理的？」

　　我除了硬到底之外，實在別無他法，我大聲道：「是衛斯理的，又怎麼樣？」

　　白奇偉「**嘿嘿**」奸笑了兩聲，「他是七幫十八會的**大敵**，想方設法破壞我們這次集會。而最大問題是──」

　　說到這裏，白奇偉向杜仲看了一眼，示意他說下去，杜仲便嚴肅地說：「檢驗結果顯示，留下指紋的時間，不會超過一小時！」

　　聽了杜仲這句話，我心中**駭然**到極，我的身分恐怕要被*揭穿*了。

第十四章

深入虎穴

　　我實在沒料到白奇偉會用那麼先進的儀器來檢查紙猴上的指紋，幸好他們只測出指紋是在一小時內留下，而非準確到五分鐘內，所以我或許仍有一線生機。

　　我連忙說：「不錯，我來到這裏附近的時候，碰到了**衛斯理**，他知道紙猴的事，想看一看，他是我的朋友，我便給他看了一下。」

　　這時候，我心中真正害怕的，是他們要我按下指紋來檢查，那麼我就**無所遁形**了。幸好，我的話使他們各人都緊張起來，**陣腳大亂**。

白素**花容失色**地問：「他⋯⋯他就在附近？」

「對啊。」我裝模作樣地說：「原來他想破壞我們的集會嗎？他沒跟我說過啊，他看了一下紙猴就交還給我了，下次我得問問他搞什麼鬼！」

白奇偉連忙吩咐手下：「快去找他 **！**」那七八個人答應了一聲，立即向外走去。

但白素卻叱道：「給我站住！」

那七八個人又站住不動，白奇偉厲聲問：「你這是什麼意思？」

「哥，你不能派人去害衛斯理！」

「妹妹，你不是不知道衛斯理想和我們作對，我必須派人搜索一下，以防他來搗亂！」

「好，那就我去！」白素說。

白奇偉愣了一愣，隨即奸笑道：「好，你去吧。可是見了衛斯理，不要**因私忘公**啊。」

白素面色一變，「這是什麼話？我和衛斯理有私？我讓爹來評評理！」

白奇偉似乎對妹妹和父親都有點**忌憚**，連忙說：「算了算了，開玩笑不行嗎？」

白素「**哼**」了一聲，便離開防空洞，沿樓梯奔上地面去。

沒有白素在旁，白奇偉的態度頓時兇狠了許多，「姓秦的，你若是**不識趣**的話，我絕不會放過你。但如果你識趣，這就是你的！」

他從上衣袋中拿出一張五十萬元的支票遞給我。我立即冷笑，「**嗤**」的一聲，將那張支票撕成了兩半：「我是來見白老大聚聚舊，不是來討錢。」

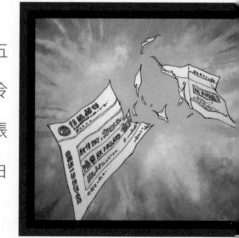

白奇偉怒極而笑，「好，看你能強橫到什麼時候！」

如今我至少知道一個事實，那就是神鞭三矮為什麼會聽從白奇偉的指揮，那當然是金錢**作祟**。而白奇偉一定也以同樣手法，去收買七幫十八會的其他人，我相信願意接受那張支票的人一定為數不少。

當下我也冷笑道：「我也要看你**強橫**到什麼時候！」

白奇偉轉過身去，一揮手，便有兩個人向我走了過來，「秦兄，請跟我們來！」

我跟着兩人向前走，走出了一扇門後，又經過一條極長的**隧道**，出了隧道，竟來到了一個海灘邊上！

我不禁大吃一驚，那兩人解釋道：「秦兄請放心，由這兒坐船，便可到集會的地方。」

我跟他們一起上了**小艇**，小艇向海中駛去，約莫過了大半個小時，在一個**小荒島**的旁邊停了下來。

　　我們一登岸，便有四個人迎了上來，「黃龍會的秦兄弟麼？只等你一個人了，快來吧！」

　　本來，我以為集會地點就在湯姆生道二十五號，怎知那裏只是一個站口，而實際上，會議是在這個荒島上舉行。

　　我跟着他們走進了一個荒草迷封的山洞，只見洞內燈光明亮，出現在我眼前的，竟是一架 升降機 ！

　　我們幾個人乘坐升降機向下沉去，到達後，升降機門一打開，眼前是一個寬敞到極的大廳，光線柔和，地上鋪了厚厚的地氈，放着好幾張沙發，已經坐着不少人，我一走出升降機，便有幾個人哈哈大笑着迎了上來，「秦兄弟！」

　　我並不認識他們，只知他們都是七幫十八會中的人物，便也照樣打着哈哈説：「又見到了，你們還沒有死啊！」

一陣哄笑聲中，忽然有一把**沉實**的聲音説：「秦兄弟，你怎麼那麼遲才到？」

大廳中的哄笑聲立即靜了下來。我心中一凜，循聲看去，只見在一張單人沙發上，坐着一個六十歲上下的老者，方面大耳，雙眼**炯炯有神**，一身**淺灰色**長袍，氣勢非凡。

不問可知，那人一定是白老大了。我連忙上前，恭敬地説：「白老大，多年不見了。」

白老大笑道：「是啊，一眨眼，便許多年過去了！」

他一面説話，一面雙眼望着我，我心中不禁**怦怦亂跳**。

我強自鎮定，問：「白老大，各幫的兄弟，都到齊了嗎？」

「到齊了。」他一面説，一面突然地捋起了我右邊的**衣袖**。

白老大看到我的手臂，便鬆了手，「**哈哈**」笑道：「老弟，你樣子變得太厲害了，但手上的龍，卻仍是那樣張牙舞爪！」

我頓時鬆了一口氣，因為秦正器的右臂上有着一條**五爪金龍**的刺青，幸好我化裝時**一絲不苟**，也用特殊顏料盡量畫成一模一樣的，不然就給白老大識破了。

我也打了一個哈哈説：「白老大當真記性好得驚人！」

這時候，升降機門又打開，白素和白奇偉也到了，白老大便站了起來，向右一指，「**人齊了，各位兄弟，請到那邊。**」

眾人你推我讓，進了一扇大門，裏面又是一個大廳，大廳之中放着一張老大的圓桌，桌旁放着二十五張椅子。

「按慣例坐吧，不必客氣。」白老大説。

該死的！我哪裏知道他們的排位慣例？可是我走在前頭，不能顯露出我不知道。

我情急智生地問：「白老大，手機📱要關嗎？」

白老大想了一想，説：「雖然這裏接收不到信號，但最好也關上，不要📷拍照或錄音🎙。」

大家紛紛關了手機，我關機的動作只需慢一點點，待其他人都已經就坐了，空着的座位自然就是我該坐的位置。

坐定之後，白奇偉和白素兩人站到了白老大的身後。

白老大先嘆了一口氣説：「青幫不幸，差點出了醜。當年人人皆敬他是一條好漢的于司庫，竟然臨老變節，想要獨吞我們七幫十八會的寶藏，但我們發覺得早，他已死了。」

座間響起一陣嗟嘆之聲。白老大又説：「事隔多年，

這一大筆錢，長埋地下，也不是辦法。所以今天召集各位兄弟，討論是否該把這筆錢取出來，各幫平分？」

白老大的話說完後，靜了好一會，才見一個瘦削的中年人沉聲道：「敢問白老大，當年這筆錢的用途是什麼？」

白老大說：「這些錢都是當年籌集用來鋤強扶弱、驅除外敵的。如今時移世易，扶弱我們還是可以做到的，所以犬兒建議，把錢平分給各幫，各幫自行成立慈善基金，扶助弱小。」

我一聽便知道白奇偉只是找藉口想操控那筆巨款，錢落到他手上之後，誰還能管得到他是否真的用在慈善上。我立即提問：「秦某雖然不懂什麼財經，但時有聽聞，如果忽然有一大筆來歷不明的錢，政府會追問來源的。」

白奇偉搶着回答，而且語氣也變得十分客氣：「秦大叔請放心，我認識一些金融方面的專才，他們有辦

法解決這個問題。如果各位叔伯也有同樣的難處，小侄絕對樂意協助。」

他的反應使我更加相信這是他的陰謀，大家都不熟那些 $金融$法律，自然都得靠他，那麼他能控制的數目，就不止青幫那一份了。

我又豈會讓他輕易得逞，繼續裝傻說：「既然賢侄認識這樣厲害的專才，那就簡單得很，讓他們把這筆財富全捐給 慈善機構，造福社會，不就行了嗎？何必要我們這些粗漢子親自來弄那麼麻煩。」

此話一出，不但白奇偉，就連其餘大部分人的面色都變得十分難看。人始終是貪心的，要把眼前的一大筆財富饋贈別人，自然不甘心。從他們的眼神可見，這裏大部分人都被白奇偉買通了。

白奇偉連忙打哈哈道：「秦大叔，你果然不太懂啊，那筆錢當然要在我們的控制下，才容易避過政府的監管。」

我還想問下去，可是有幾個人看到白奇偉的**眼色**👁，立刻站起來說：「別在那些細節上婆婆媽媽了，反正用這筆錢來 **扶弱濟貧**，是大家都同意的，我贊成將這筆財產先取回來，再作分配！」

「對！我也贊成！」

他們一面叫，一面各自取出 **鋼板**，「砰砰」地放在桌上，推向桌中央。片刻間，桌子上已有十三塊鋼板。

白老大咳嗽了一聲，也緩緩地將他的那塊鋼板，推向桌中央。白老大一出手後，立刻又有七個人將鋼板推了出來。如今，桌子中央已經有二十一塊鋼板了！

第十五章

　　只欠四塊鋼板，七幫十八會就達成共識了。

　　我望向其餘三個未有動作的人，一個便是最先開口的那個瘦長**中年人**，另外兩個，一個是**胖子**，生得十分威武，頗像是傳說中的飛虎幫大阿哥宋堅；另一個則是四十上下的人，相貌平凡，但細看卻有一股*剛毅*之氣。

　　本來我還擔心只有我一人反對，如今竟有三個同道，我心中一寬，聽到那胖子說：「各位弟兄，宋某人有一事相詢。」

　　白老大道：「請說。」

那胖子自稱「宋某人」，果然就是飛虎幫的宋堅了。

他略欠了一次身，説：「那筆財富，即使分成二十五份，也是天文數字的『 $ 橫財 $ 』。而金錢的誘惑實在太大了，就連于司庫也動了私心。當然，我十分信任在座各位弟兄的為人；不過，如果就由我們這幾個人來管理那一大筆財富，恐怕瓜田李下，各幫中的其他兄弟也未必信服👍。」

我聽了宋堅的話，立刻想到一個鬼主意，作弄一下白奇偉，我建議道：「宋大哥説得對。我認為不必故作大仁大義，説什麼慈善不慈善了。反正那筆錢是七幫十八會的，各幫會的人數又

不同，最好的方法，就是由七幫十八會的所有成員平分。不只現在的成員，就是過去的成員，也有權分享，雖然他們很多都不在人世了，那就給他們的家屬後代吧，畢竟那筆錢正是他們用血汗和淚水換來的。」

我的建議令白奇偉面色變得極難看，要知道，白奇偉一心想**操控**那筆  ，如果依我的建議將錢平分給現在和過去的所有成員，那麼他能分到的錢就少得可憐了。我心中不禁在偷笑。

那三個未拿出鋼板的人，聽了我的建議，都微微點着頭，似乎頗為認同。

白老大望了望桌子中央那二十一塊鋼板，又望了望我們四人，臉上閃過一絲極其疲倦的神態，沉思了一會才說：「**你們說得也有道理。**」

　　白奇偉急了，搶着説：「這建議不是不好，但實行起來大有困難，尤其我們幫會人數眾多，散居各地，如果還要算上過去的成員，恐怕難以聯絡上啊！」

　　我看到白奇偉着急的樣子就**高興**，又説：「能聯絡多少是多少，那些失散了的成員，自然沒有辦法，我們盡了力就夠了。」

　　白奇偉竟跨出一步説：「各位叔伯，如今只有**四人**不同意，而有二十一人同意，這件事，實在用不着多加討論了，現在就投票決定吧！」

　　白奇偉想以快打慢，急急通過他的方案，看來他收買的人數已過半，**穩操勝券**了。我自然不會讓他輕易得逞，拍桌怒斥：「**放屁**！」

　　白奇偉也不跟我客氣了，質問道：「莫非二十位叔伯，連家父在內，全在放屁❓」

　　此言一出，眾人皆向我瞪過來，有幾個更滿面怒容，我立即霍地站起說：「白老大，我以為這次大會是召集大家來討論清楚那筆錢怎麼處理，然後再作決定的。要是你們主意已決，只要白老大你說一聲，我立即將鋼板交出來，何必勞師動眾，多此一舉！」

　　每一個人都望着白老大，等待他的回應，怎料白老大忽然「哈哈」一笑說：「我剛才只當老眼昏花，原來並不是。」

　　大家都很愕然，連我也覺得莫名其妙，不知道他是什麼意思。

　　「你剛才的話說得極有理，敢問閣下，究竟是什麼人？」

白老大居然問出了這樣一句話，我一時之間頭皮發麻，強作鎮定地說：「白老大，你怎麼啦？秦正器你都不認得了麼？」

白老大說：「你是很像秦正器，連手臂上的刺龍也有，模仿得很好。但是你太能幹了，秦正器要是像你那麼能幹的話，黃龍會又怎會落得如斯境地？你究竟是什麼人，敢來假冒秦正器？」

白老大對我一聲喝問，立即便有四個人站起，閃到了我的後面，包圍住我。

連宋堅也站了起來說：「一經白老大提醒，閣下確是表現得太能幹了！」

此時白奇偉也恍然大悟，「爹，我知道他是什麼人了，**他一定是衛斯理！**」

白素很驚訝，立即説：「哥哥，你別亂説！」

白奇偉冷笑一聲，「妹妹，你何必處處幫着這個與我們七幫十八會作對的人？」

白素怒道：「這是什麼話？我憑什麼要幫着衛斯理？」

「住口！」白老大喝了一聲，整個大廳都靜了下來，他對我説：「兄弟，你既然有膽冒充別人混進來，難道連承認自己是誰的勇氣也沒有嗎？」

我自知難以瞞下去，便説：「**白老大果然英明，我是衛斯理！**」

我撕去臉上的薄膜，露出原貌，白素掩着口驚呼，眾人也一陣**嘩然**。

白老大望着我説：「衛兄弟，這幾年來，我雖然**深居**

簡出，但對於你的為人行事也略有所聞，頗敬你是一條漢子。」

「多謝白老大這一句話。」我恭敬道。

但白老大面色一沉，「可是，你今日此舉犯了我們七幫十八會的大忌，你有什麼話，快些交代吧！」

白老大分明是要我交代遺言，我想了一想，說：「我的確有話要說。我有一個表妹，在美國讀書，回來度假，卻被令郎派人綁去，我只望令郎能放過她。」

白老大面色微微一變，**嚴厲**地望向白奇偉，白奇偉慌忙説：「早已把她放了！」

我也知道紅紅早被他們放了出來，我刻意這樣説，只是想令白奇偉**不打自招**。

我隨即又説：「白老大，我表妹一點武功也不會，只是一個**學生**，希望令郎不曾難為她！」

眾人不禁竊竊私議，白老大**面色鐵青**，斥責道：「奇偉，這位小姐若有什麼差池，我把你踢出青幫！」

白奇偉低着頭，説了一個「**是**」字。

白老大回過頭來，「衛兄弟，這事確是犬兒的錯，我一定會重重處罰他的。你還有什麼話要説嗎**？**」

我當然要找些話説下去，不然我就得死了，我説：「于司庫之死，雖然**罪有應得**，但他死得極慘，是受人嚴酷拷打而死的！」

白老大一怔，「沒有這種事，他是**中☠毒**而死的。」

我冷笑道：「中毒？警方有于司庫死亡的詳細紀錄，並非我憑空捏造的。而我相信，一定有人，以極其殘酷的方法，拷問他藏寶的地點！」

白老大**默不作聲** 🔇，我又將小郭受重創，我被引到 清靜山 遭人誣陷等事約略地講了一遍。

白老大緩緩地點了點頭，「衛兄弟，我知道了，犬兒的事，我自會查清楚。但是，✦七幫十八會✦的這個秘密，絕對不能外泄，念在你是一條漢子——」

他講到此處，突然掏出一柄七寸來長、寒光耀目的，遞了過來，讓我拿住，說：「我手下不殺好漢，你以這柄匕首自盡吧，這是上海小刀會大阿哥的遺物，用來自殺，也不辱沒了你！」

第十六章

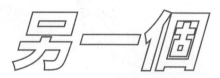

我握住了匕首，手不禁微微地發抖起來。

白老大嘆了一口氣，「衛兄弟，不必**猶豫**了，就算我肯放過你，其他弟兄也必然不答應。」

我強笑了一下，「白老大，無論如何，我對你為人仍是十分敬佩，至於令郎的事，希望你不會**徇私**，那我就死得瞑目了！」

「這件事，你盡可放心！」

我低頭望着那柄鋒利的匕首，心一橫，手腕一翻，匕首便向自己的心窩刺去！

那時候我自知必死，因為我絕無逃生的可能。可是，就在我手腕翻起的一瞬間，眼前突然一黑，伸手不見五指！

這突如其來的變故，或許是我逃生的一線**生機**，我立刻躍到一旁，在黑暗中，聽到白老大的聲音說：「誰也不要走動**！**」

我登時不敢再動，因為其他人都聽了白老大的吩咐而不動，假如只有我在動的話，以白老大的武術造詣，必然能聽出我的所在，將我擊斃！

「衛兄弟，想不到你在我們這裏，竟然還有**內應！**」白老大的聲音，在黑暗中聽來，更加莊嚴之極，我屏住了氣息，不敢出聲。

白老大説我在這裏有內應，實在冤枉，這裏的燈為何會突然熄滅，我心中也是莫名其妙。但白老大的話才一出口，黑暗中突然響起了「我的」聲音説：「**白老大，你猜錯了，我並無內應——**」

我大感驚訝，幾乎連我自己也分辨不出那聲音跟我的有何區別。

只聽到白老大「哼」的一聲，緊接着，「**轟**」和「**乒乓**」之聲不絕於耳！

剎那間，我**恍然大悟**了**！**一定是某個極善模仿他人聲音的人，模仿了我的聲音，在另一邊發聲，轉移白老大和眾人的注意，給我逃走的**機會**！

在黑暗中，我無法知道對方是什麼人，只能心存感激，然後憑記憶辨別方向，趁機閃到了門旁，開門逃去。

我來到升降機旁邊，摸索着 **按鈕**，幸好升降機仍能

運作，那表示並非 **停電**⚡，而是有人刻意把燈關掉。

　　我乘坐升降機回到地面，只見兩個中年人守在 **升降機**

旁，問：「咦，秦兄弟，會散了嗎 **？**」

　　我二話不説，各握住他們兩人的手腕。他們面色一

變，「秦兄弟，這……是什麼意思？」

　　「對不起，委屈你們了！」我用力一扯，使兩人的頭

相撞，立時昏了過去！

　　我不再耽擱，奔出山洞，來到海邊，在星月微光下，

尋找 *船隻* 逃生，但海邊居然一條船也沒有。

我別無他法，只好「撲通」一聲跳進海裏，嘗試游泳逃去。可是沒多久，我看到海邊的一個岩洞中，突然有**手電筒**的光芒閃了一閃，同時聽到一個中年婦女叫道：「是衛先生麼？快過來！向外面游去你會沒命！」

　　只見岸上已有幢幢人影來追捕我，如今我必須作出**抉擇**，是聽那個中年婦女的話，向她游過去，還是向茫茫大海游出去？

　　老實説，游出茫茫大海，就算能擺脱他們的追捕，也未必能游到陸地或遇到船隻把我救起。所以我也不管那中年婦人**是敵是友**，只好信任她，向她的岩洞游去。

　　爬上岩洞後，在黑暗之中，我只能隱約看見那中年婦人穿着一套黑色的衣服，身形**佝僂**，看來年紀比我想像中還要大。她説：「你留在這裏，千萬不要出聲，更不要出去，我會再來看你的。」

我低聲問：「你究竟是什麼人？為什麼會救我？」

她說：「救你的不是我，我只不過**奉命行事**罷了！」
她話一講完，便向外面走了出去。

我在黑暗中隱約看到山洞的角落裏放着一張**牀**，我在
牀沿坐了下來，發現牀邊還有許多洋娃娃之類的**兒童玩
具**，這究竟是什麼地方，我實在莫名其妙。

我脫下身上的濕衣服，擰乾了再穿上，然後在那張牀
上躺了下來。我發現那張牀很短，只能給兒童睡。這地方
就像某個孩子的**秘密樂園**。

此時我已經十分疲倦，卻沒有睡意，腦袋裏想着一大
堆的問題。我想了許久，看看手表，已經是**凌晨四點**
了，這時候，我聽到一陣腳步聲，有人向我走過來問：「他
們沒有找到這裏來吧？」

我一聽，正是那**中年婦人**的聲音，才鬆了一口氣說：
「沒有人來過。」

「你跟我來吧，我已經為你準備好一艘快艇了！」

我呆了一呆，「你究竟是奉什麼人之命來救我？」

她長長地嘆了一口氣，**「別說了！」**

我聽出她在啜泣，腦海裏不禁閃過一個不祥的預感，問道：「大娘，到底什麼事？難道……救我的人是**白素？**」

那中年婦女的泣聲中泛起了一絲**欣慰**：「還好，你能想到救你的人是誰，不然真的枉她救你一場了！」

我緊張地問：「她如今怎麼樣？」

那**中年婦女**哭得更哀切，「可憐的孩子，我從小看着她長大，如今……只怕她比我先離開這個世界了！」

我聽了這句話，猶如受到五雷轟頂，**呆若木雞**！

她抹了抹眼淚說：「你快走吧，不要辜負她的一番心意！」

我飛奔到岩洞口，跳上那艘快艇，那中年婦女以為我開快艇逃去，卻沒想到我竟然朝向岸邊飛馳，她驚訝地叫住我：「衛先生，你不能回去啊！小姐見到你，會永遠恨我的！」

但我管不了那麼多，白素為了救我而受傷，

卜，我怎能不顧而去？我必須去看她！

我一登上岸，馬上就有三條矮小的人影疾閃而至，喝問：「什麼人？」

我毫不猶豫說：「衛斯理！」

他們三人自然是神鞭三矮，一聽到我報上姓名，都不禁呆住！

「快帶我去見白老大！」我說。

神鞭三矮齊聲道：「你在弄什麼花樣？」

我苦笑道：「我本來已可從容離去，如今又回來自投羅網，還有什麼花樣可弄？快帶我去！」

神鞭三矮便押着我回到山洞，在升降機裏，他們忍不住問：「白小姐說她已作了安排讓你逃去，怎麼你又走了回來？」

　　我心頭一陣難過，沒有回答，只問：「**她現在怎麼樣？**」

　　三人神色黯然，接着又惡狠狠地 瞪  了我一眼，罵道：「你還好意思問起她？」

　　我不再出聲，一出 升降機 ，便是那個大廳，只見七幫十八會的頭子皆一聲不出，面色沉重，一見我進來，

立刻瞪着我，有幾個更霍地站起。

　　神鞭三矮連忙説：「他要見**白老大**，待白老大來了再説！」三人説完便去通知白老大。

　　我坐在一張**沙發**  上，等了沒多久，便見神鞭三矮伴着白老大從另一扇門走進來。

　　我連忙站起，只見白老大面色鐵青，雙眼浮腫，一夜之間**老態畢呈**！

　　他望着我，我也望着他，他先開口：「我已經把奇偉扣起來，會將你所講的一切，向他審問清楚。而你既然肯主動回來，那麼，那二十一塊 鋼板 ，請你交出來吧！」

　　我一聽到白老大這麼說，不由得驚呆住了。

第十七章

鋼板 不翼而飛

白老大叫我交出二十一塊鋼板，我大感 **莫名其妙**。但此刻我最關心的是**白素**的情況，所以我連忙說：「白老大，其他事先不說。我本來已經可以逃離這個荒島，可是我得知救了我的人竟是白素，而她更因此受了傷，我實在不能棄她不顧，所以非回來見她不可 **！**」

我心情激動，說得 **慷慨激昂**。

本來，大廳中所有人都對我怒目而視，但聽了我這幾句話之後，大多數人都不禁動容，對我另眼相看。

白老大雙眼有點潤濕，好一會才說：「我想，你不必去見她了，她以為你已經逃了出去，所以雖然**身受重傷**，心中仍是快樂的。但如果她知道你並沒逃掉，反而會十分**難過**。」

「她傷得很重嗎**？**」我擔心地問。

白老大「**嗯**」了一聲說：「當她發聲之時，我真以為那就是你，循聲進擊**四掌**，她一腿一臂，骨頭折斷，還斷了兩條肋骨、內臟也受創**！**」

我急道：「她傷得這麼重，還不送她到醫院去？」

「那倒不用，我這裏有最好的內外科**醫生**，而我對於接骨，更是在行。」

我嘆了一口氣，「聽白老大這麼說，她應該不會有大礙，我心中也寬慰些。她見了我或會傷心，但是只讓我見一見她可行麼？」

白老大想了片刻，説：「宋兄弟，你帶衛朋友去吧。」

飛虎幫的宋堅答應一聲，便站了起來，帶着我，從一扇門走了出去。

我一出門，便聽到背後大廳裏人聲嘈雜，在商議着如何對付我。

我跟着宋堅走，經過一條 走廊，來到一扇門旁，只見那個指引我逃走的中年婦女，恰好從門中走了出來，望了我一眼。

宋堅低聲説：「大娘，老大吩咐，讓這位兄弟看一看小姐。」

中年婦女嘆了一口氣，將門推開了一條縫。

我從門縫中看去，只見那是一間非常整潔的 房間 ，正中一張牀上，正躺着白素。

白素的右手、右足，都紮滿了**繃帶**，胸前也隆起老高，大約已上了**石膏**。牀旁坐着兩個老者，看樣子似是醫生。

白素雙目緊閉，**面無血色**，我愈看愈感到難過，**不由自主**，將門再推開一點，舉步想跨進去。

但宋堅立即把我拉住，將門關上，沉聲道：「衛兄弟，如果你真想為她好，此刻實在不應見她**！**」

我嘆了一口氣，房內突然傳出微弱的聲音：「外面……誰在說話，是宋大叔嗎？」

宋堅忙道：「正是我。」

白素又問：「**宋大叔，什麼事？**」

宋堅向我使了一個眼色，我退開一旁，他便開門進去，故意讓門開着，說：「各幫弟兄，託我來看看你的**傷****勢**。」

我悄悄地從門縫望進去，只見白素的眼睛微微張開，虛弱地説：「我……覺得好多了，他……已逃出去了嗎？」

宋堅點頭道：「是。你放心，他已經安全了。」

白素在這樣的關頭，仍念念不忘我的 **安危**，我心中一陣發酸，不禁落下淚來。

「宋大叔，你最疼我，可以答應我一件事嗎**？**」

「你説，什麼事？」

白素喘了幾口氣，那兩個老者皺眉道：「不要再説話了！」

但白素着急地説：「不，讓我把這句話……講完，宋大叔，你要設法通知他 *遠走高飛*，愈遠愈好，不要讓爹找到！」

宋堅呆了好一會，才説：「嗯，我一定 *盡力而為*。」

白素笑了一下，又閉上眼睛，一個醫生立即為她 *把*

脈，另一個揮手令宋堅出去。宋堅只好悄悄地退了出來，一言不發，轉身回去。

我跟在他的後面，回到大廳，只見白老大坐在沙發上，神情嚴肅地問：「你見過她了？」

我點了點頭，「見過了。」

白老大說：「我們商議過了，連我在內，共有七個人，願意保你不生事，可以讓你平安離開此處。」

宋堅立即大聲道：「白老大，加上我一共是**八個人**！」

白老大點了點頭，「好。衛朋友，你將那二十一塊 鋼板 交出來吧！」

我大感疑惑，「桌上那二十一塊鋼板不見了嗎？我絕對沒有拿過！」

馬上有人叫道：「白老大，他分明是逃不出去，才**裝模作樣**走回來，假裝關心小姐的。他如此狡猾，我們怎能放過他？」

我冷笑道：「照閣下的說法，那二十一塊鋼板，一定是我取走了**?**」

「**當然！**這裏全是七幫十八會的弟兄，還有誰會偷走鋼板？」

此話一出，立即又有七八個人附和：「對啊！不是你是誰？」

「當時我已經**九死一生**了，實在沒想到突然會出現生機，我連逃生也唯恐來不及，哪有心思去偷二十一塊鋼板？」

此時，又有一人站起來，冷笑着說：「你是計劃好的，想獨吞那筆**$財$富！**」

我立即反問：「言下之意，你認為是白小姐與我謀，想私吞那筆錢？」

那人當場語塞，他自然不敢誣蔑白素，我**乘勝追擊**地問：「說到合謀，我倒想問一句，那張五十萬元的 支票 ，你兌現了沒有？嗯？」

那人面色大變，我又說：「白老大，當令郎還當我是秦正器的時候，曾給我一張五十萬元的支票，囑我聽他的話，我相信這種支票，在場的人身上定有不少，白老大不信，可以搜一搜**！**」

我一面說，一面留意各人的神色，至少有十一二人面色大變。

但白老大叱道：「這是 **七幫十八會** 的事，不要你多管！」

我回應道：「貴幫的事，自然輪不到我管，我只想指出，嫌疑最大的，並不是我。」

白老大「**哼**」的一聲說：「你是指奇偉嗎？他已被我立即扣起，若身上藏有二十一塊鋼板，我怎會不知？而這裏許多人，個個為表**清白**，都互相搜檢過了，除你一人之外！」

「我身上只有秦正器的那塊，如今代秦兄交給你了。」
我摸出那塊鋼板來，交給白老大。

白老大質疑道：「衛兄弟，那二十一塊鋼板，若不在
你那裏，還會在何處？」

我思索了一會，凝神說：「照此看來，那二十一塊鋼
板，**只怕還在會議室中！**」

第十八章

內有乾坤

　　我指出那二十一塊鋼板可能還在會議室中，眾人都露出嘲笑的神情，覺得我 **胡說八道** 來拖延時間，只有白老大給我機會，「好，那你找吧。」

　　白老大緩緩站起，大家也跟着站起來，向會議室走去。

　　我若要 *脫身* ，非找到這二十一塊鋼板不可。我心中毫無疑問認為是白奇偉所做，但當時混亂的時間極短，我也是 **勉強** 逃夫，白奇偉不大可能在這麼短的時間內，將那二十一塊鋼板運走的。所以我推斷，鋼板可能仍在會議室中，被白奇偉藏了起來。

我走進會議室，來到那張 **圓桌** 旁邊，眾人將我團團圍住。我細心觀察桌面，又俯下身來檢查桌底，看看有沒有類似魔術的機關，把鋼板藏着，但並無發現。

眾人都冷冷地望着我，有人說：「**姓衛的，別再做戲了！**」

我立即說：「白老大，你若是不讓我找下去的話，我就停手！」

白老大依然有耐性，點頭說：「你繼續找吧！」

我退開了兩步，細細地打量着那張桌子，然後再逐張椅子仔細檢查一遍，依然找不到半點 **異狀**。

我心中暗暗發急，突然想起一個問題：「白老大，那二十一塊鋼板突然失蹤之際，你們一點 **聲音** 也沒有聽到嗎？」

白老大說：「這一點我們也想問你，你是用什麼法子做到的 **?** 但你卻不認拿了鋼板。」

　　我苦笑了一下，繼續在會議室裏搜索，足足找了半個小時，依然毫無結果，我額上不禁冒汗，閉上眼睛，嘗試幻想當時的情況。

　　當時白奇偉站在白老大的左後方，他親自出手偷取鋼板的話，風險太大了，所以必定是安排了黨羽去做。但就算是他的 **黨羽** 下手，他也必須發出 *指令*，那麼，他是怎樣發出指令的呢？

　　我睜開雙眼，望向白奇偉當時所站的位置，看到了白老大的 **座椅** ，於是走過去，極其仔細地檢查一遍，但仍是一無所獲。

　　會議室裏，可以讓我搜的地方都搜過了，在我幾乎要放棄的時候，我把心一橫，雙手舉起了那張椅子，向地上重重地一摔，摔得七零八落！

　　眾人都驚訝地叫了出來：「你幹嘛！這是什麼意思❓」

我此舉實是**孤注一擲**，幸虧上天眷顧，我這注押中了，禁不住歡呼一聲。因為我發現，在椅背的一段斷木內，閃着金屬的亮光，我連忙將那段斷木撿起來，發現內藏一個小裝置，有着**半導體**、幾個**線圈**和幾片**銅片**。

我將那東西遞給了白老大，問他：「白老大，我對電子方面的知識不夠，敢問這東西有什麼用處？」

白老大也很愕然，仔細地看了一會，說：「這是最簡單的**無線通訊裝置**，只要將金屬物品放近它，它便

會發出 **信號** 。」

我接着問：「這是發信號的裝置，按理說，自然也會有接收信號的裝置，那麼白老大，你有辦法測出那個接收裝置的位置嗎？」

「有。」白老大點了一下頭，然後吩咐道：「宋兄弟，請你通知杜兄弟，叫他帶着 無線 電 測向儀 來見我！」

宋堅答應了一聲，走了出去，不一會，便與那「召靈專家」杜仲一起回來，杜仲手中捧着一個方形的 **盒子** 。盒子上面有一個 扇形 的表和一個 圓 形 的表，各有着一支指針。

杜仲一進來，便走向白老大的身邊說：「白老大，有什麼——」他才講到此處，已看到白老大手中的那段東西，登時面色一變，連下面的「事」字也講不出來！

白老大質問他：「有人在這裏安裝了 無線 發訊器，你居然不知道？」

杜仲忙道：「是嗎？我……我真的不知道啊！」

「**把測向儀給我！**」白老大接過測向儀，以我剛才交給他的那一塊鋼板，貼着那發訊器。

只見測向儀上兩個表的 指 針 都動起來，那扇形的表上，指針指着「18」這個數字，而那圓形的表上，指針指着 東北方，正是門的方向。

白老大面色一沉，「哼」的一聲説：「 接收器 就在東北方，離這裏只有十八公尺！」

我着急地説：「我們快去看看 ！」

白老大吩咐道：「宋兄弟，你跟我們一齊來，其餘的人在此等候。」

杜仲便趁機留下，但白老大厲聲道：「你也跟我們一起來！」

杜仲面如土色，點了點頭，我們四人便一起向門口走去。

我們來到了門口，方向的指針依然指着東北，但數字的指針卻移到「**16**」的*刻度*，表示我們已經接近了兩公尺。

我們出了門，來到了大廳，**指▼針** 的方向不變，數字又小了。

白老大向杜仲瞪了一眼，徑自向一扇門走了過去，指針的數字不斷降低。

白老大將那扇門推開，我們跟着他一起走了進去，只見那房間擺放着各種 `儀器裝置` ，我好奇地問：「白老大，這地方──」

「這是我的 **實驗室** ，由杜仲看管。」白老大的眼睛沒離開過測向儀，依據指針的指示，追蹤着接收器的位置。終於在一張 **桌子** 前，指針指向了「0」，並閃起紅燈，發出「吱——吱——」的聲音。

白老大凌厲無比的目光在桌面上一掃，立即看到一個如墨水瓶大小的東西上，有一盞 **小 紅 燈** 也在閃着。他轉過身來，質問道：「杜兄弟，你怎麼解釋？」

「這⋯⋯這⋯⋯」杜仲結結巴巴了半天也說不出話來。

白老大跨出兩步，來到三個 **電視屏幕** 前，又質問：「本來只有一個屏幕，為何多了兩個？」

杜仲整個人都軟了下來，坐在 **椅子** 上，一句話也講不出。

白老大慨嘆道：「我只不過兩個月沒有踏進這實驗室，原來你已暗中做了這麼多手腳！」

他一面説，一面把三個屏幕都打開，第一個屏幕出現了海灘的畫面，第二個屏幕顯示一個寬大的書房，第三個屏幕則是會議室的情景。

白老大怒吼一聲問：「杜仲，這是誰的主意？竟在我的書房裏裝了 ◉ **監視**鏡頭！」

杜仲大驚，不敢再隱瞞了，連忙説：**「是少爺的主意。」**

白老大一回頭，「宋兄弟，你將那畜牲帶來見我！」

宋堅答應一聲，便走了出去。

白老大怒目一瞪，嚇得杜仲連忙 **和盤托出**：「我説了！我説了！全是 **✦少爺✦** 的主意，他親手在會議桌上的天花板內，安裝了一塊 **電磁板**，吩咐我一收到他的

信號，便將會議室和大廳的燈熄滅，將那電磁板放下，再通電產生磁力，將桌中心的鋼板全部吸住，然後電磁板又隱沒到 **天花板** 上去！」

我也恍然大悟，「電磁板下，一定是隔着一層薄薄的 **海綿** 或類似的東西，使電磁板壓在鋼板上的時候沒有發出聲響，接着才通電產生 **磁力** ，將鋼板全部吸住，所以便一點聲音也沒有！」

杜仲點頭默認，繼續解釋：「當晚我還未行動，會議室的燈就忽然熄滅了，接着我才收到信號，便立即按計劃行事。」

白老大問：「如此説來，那二十一塊鋼板是在小畜牲手中了**?**」

杜仲搖着頭，「少爺被老大扣起，沒有機會去取，而我也不敢碰那些鋼板，所以仍吸在電磁板上。」

「好，那你把電磁板放下來，給我看看！」

白老大一聲吩咐，杜仲 *瑟瑟發抖* 的手指按下了書

桌上的一個 **按鈕** ，只聽得會議室中突然響起了一陣驚

呼聲，我和白老大從屏幕上看到，會議桌上方的天花板打開

了一個洞，一塊三尺見方的 **電磁板** 降下來，電磁板底部貼着一層薄薄的海綿。

會議室內，人人抬頭上望，神色**訝異**。

但感到更訝異的人是我和白老大，因為我們從屏幕上清楚看到，電磁板上並無鋼板，不禁齊聲驚問：「鋼板呢？」

第十九章

神經失常

「鋼板⋯⋯應⋯⋯應該在電磁板上的⋯⋯」杜仲驚怕得跪在地上，抱着白老大的腿說：「白老大，我真的沒有拿過！我要是拿了，天打雷劈，絕子絕孫，不得好死⋯⋯」

他一口氣發了許多個☠**毒誓**，已近乎 語無倫次 。

白老大和我再看屏幕，只見那電磁板已回到天花板裏，了無痕迹。

這時候，突然「砰」的一聲，宋堅押着一個人闖了進來，但那人並非白奇偉，而是一個中年人。

宋堅報告道：「白老大，奇偉已經跑了，是這個人放走的！」

白老大面色極難看，嘆一口氣問：「程兄弟，怎麼你也跟他們*胡*鬧起來了**？**」

那中年人説：「老大，我是看着奇偉長大的，他求我放他出去，我⋯⋯我怎忍心拒絕？」

白老大追問：「他走的時候，你有沒有看到他帶着**重要**的東西？」

那中年人搖了搖頭：「沒有，逃走已經夠匆忙了，他還能帶什麼東西。」

「你知道他去哪裏嗎？」

「我真的不知道。」

白老大揮了一下手，那中年人便*躬身行禮*，退了出去。

「奇怪，那二十一塊鋼板，究竟是誰拿走了呢？」白老大大感疑惑。

我也正在思索着這個問題。那二十一塊 **鋼板** 被吸在 **電磁板** 上的事，只有白奇偉和杜仲兩人知道。我深信杜仲這一刻不敢再隱瞞事實，他確實沒有拿過鋼板。而白奇偉當時很快就被白老大 **扣押** 住，根本沒有機會取到。

但鋼板是不會自動消失的，一定有第三個人知道了這個秘密，悄悄將鋼板偷走。

「我們到會議室去吧，杜仲，你留在這裏聽令！」白老大一面説，一面「叭」的一掌，將監視會議室和書房的 **屏幕** 一併擊毀。

杜仲 **面色發青** 地答應了一聲。白老大、我和宋堅一起走出去，會議室裏的人立刻 **七嘴八舌** 地向白老大講述剛才天花板上發生的事。

白老大揮了揮手，「我都知道了，不必多説。」接着，他便將杜仲和白奇偉兩人的 **惡行** 説了一遍，講完之後，又補充道：「他們兩人的計劃，因為素兒的行動而被迫提前，因此，被吸在電磁板上的，也只有二十一塊鋼板。」

人叢中立即有人説：「可是我們沒見到鋼板！」

白老大沉聲道：「是，他們兩人未曾取到鋼板，相信那些鋼板已落入第三個人的手中。」

眾人 **面面**相覷，一言不發。

白老大説：「這件事必須查清楚，所以請各位留下來暫住幾日，我會和衛兄弟、宋兄弟一起偵查，一定要查到 **水落石出**。各位兄弟 *見諒*！」

他們當中自然有不少人對我有意見。白老大便將我給他的那塊鋼板放在桌上説：「**他的鋼板已經交給我。**」

宋堅和另外兩個當晚不同意交出鋼板的人，此刻都將鋼板取出，放在桌上。

白老大點點頭，將四塊鋼板抓在手中說：「好，如今我們只有**四**塊鋼板，而另一人卻有**二十一**塊，我們必須在這四塊鋼板之中，找出于司庫當年 ✦藏寶✦ 的線索，以免財富落在別人手上。此事由我來領導，大家如果沒有異議的話，請先行休息，但千萬不要離開此島！」

眾人當然信任白老大，答應了一聲便紛紛散去。

我跟着白老大和宋堅離開會議室，請求道：「白老大，既然我的事已了，我想再去看看白素。」

白老大點了點頭，「**好吧。**」

我立即急步趕去，來到門口時，突然聽到背後響起了一陣極輕的*腳 步 聲*。

我以為是白老大、宋堅或那位中年婦女恰巧也來看白

素，正想回頭看看之際，我的後腦已經被重擊了一下。我立時感到**滿天星斗**，身子搖晃，跌倒地上。

我勉力抬起頭來，想看清楚從後**偷襲**我的人是誰，可是我迷糊中只看到一個高大的身影向我撲過來，重重地踢了我一腳。但我也不示弱，伸手一抓，「**嗤**」的一聲抓傷了他的小腿，連褲腳也撕下了一大片來。

可是那人的身手非常了得，我才一抓中，他又用另一隻腳向我踢來，終於把我擊昏了。

我醒來時，已躺在一張牀上，只見牀旁坐着白老大和宋堅。

白老大扶我坐起來，「衛兄弟，究竟是怎麼一回事？」

宋堅也接着問：「我聞聲趕到的時候，已見你**昏倒**在地，到底發生了什麼事？」

我看看自己的右手，發現指甲上還留着**血迹**，證明我

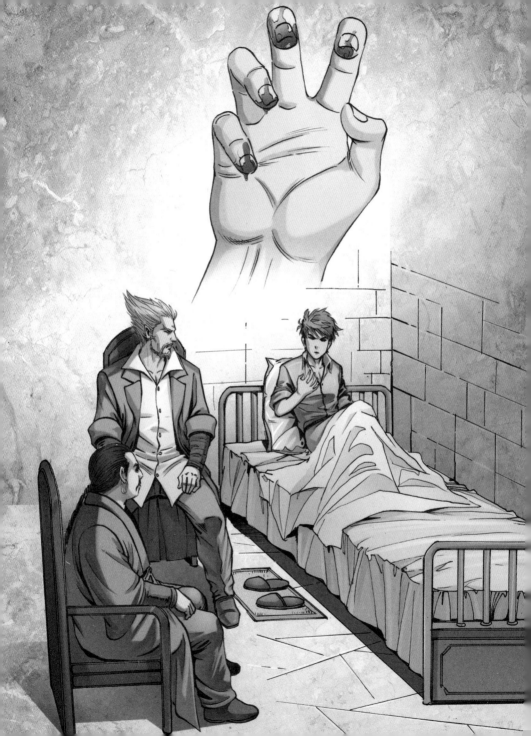

的確抓傷了 施襲者 的小腿，並非做夢，於是我便告訴他們：「有人從後偷襲我！」

白老大面色沉重，「那人是誰，你看清楚了沒有？」

我搖了搖頭：「沒有，可是他 小腿 上被我抓了一下，一定留有傷痕的。」

「好，我去查一查，你休息一會，素兒正睡得沉，你明天再去看她吧！」白老大説。

我點了點頭，又躺了下去，而白老大和宋堅也退出去了。

連日來，我 心力交瘁，此刻躺在柔軟的牀上，很快就 沉沉 地睡去了。不知睡了多久，我突然聽到開門聲，好像有人走了進來。我還以為自己在做夢，可是感到一股寒意在漸漸逼近，我睜開眼睛一看，發現牀邊果然站着一個人影，而且還拿着 針筒 想向我注射！

就算是醫生，也不會摸黑為病人注射，此人一定**不懷好意**，所以我立刻翻身避開，然後正想反擊之際，對方竟然能把整張牀翻起，向我壓過來。

我雙手連忙將牀頂住，當牀掉回地上的時候，我順手開了 燈 ，卻發現那人已經跑掉了。

我立即追出去，奔至 走廊 盡頭的時候，迎面碰到了宋堅，他詫異地問：「你怎麼又跑出來？」

我緊張地追問：「宋大哥，你剛剛有沒有看到 **可疑** 的人？」

宋堅一臉 **莫名其妙** ，「沒有啊，什麼事？」

我便將剛才發生的事向他匆匆講了一遍，他說：「有這等事？我們通知白老大 ！」

他帶着我，轉了幾個彎，敲門進入白老大的 書房 ，將我的遭遇又向白老大講了一遍。

白老大望了我好一會，說：「衛兄弟，會不會是你太疲倦了？」

我不禁愕然，「**什麼意思？**」

他解釋道：「一個人如果太疲倦會產生幻覺。」

我漲紅了臉說：「不可能的。我第一次遭受襲擊時，在那人的小腿上抓了一下，指甲上還有鮮血，怎可能是幻覺！」

白老大拍拍我的肩頭說：「衛兄弟，本來我早已想說了，但以為你休息一下便會好，沒想到你的情況卻愈來愈

嚴重，我實在不得不坦白告訴你了。」

「白老大你知道些什麼？快説啊！」我十分着急。

「你撩起**右褲腳**自己看看吧。」他説。

我疑惑地將右褲腳捲起，一看之下，連我自己也不禁呆住了，因為在我的小腿上，赫然有着四條**抓痕**，而且一看便知，那是指甲抓出來的！

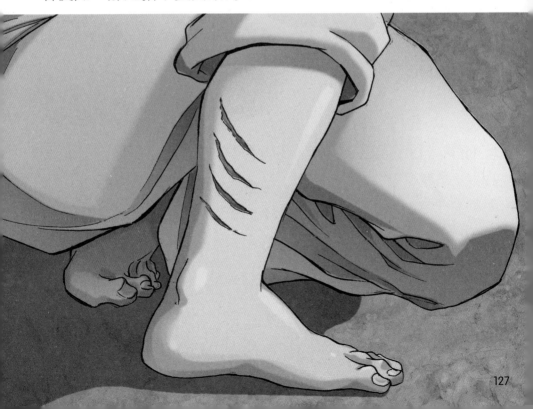

第二十章

誰是內奸？

我看着自己小腿上的**傷痕**發呆，白老大説：「衛兄弟，其實在你昏迷的時候，我們已經察覺到這一點，只是沒有和你説，怕你再受刺激……」

白老大後面的話，我已經聽不清楚了，因為我心裏實在混亂之極。我兩次遭受偷襲，都幾乎送了性命，難道全是**幻覺？** 我以為抓傷了敵人，但其實是抓到了自己的小腿？那實在是**難以置信**。

白老大又補充道：「而且，我們對每個人都查過了，沒有一人腿上是有傷痕的。」

宋堅接着説：「是我和白老大去檢查的，我們兩人的小腿，也可以給你查看。」

他一面説，一面捲起**褲腳**，我連忙道：「不用了！我怎會懷疑你們？白老大，這件事暫且不説。那四塊鋼板上，你可想出了 **藏寶** 的 線索？」

白老大笑道：「當然沒有線索。于司庫要將鋼板分成二十五片，目的是必須在 **七幫十八會** 都同意之下，才可以取回那筆財富，所以設計上一定十分精密，即使少了一片，也無法得知寶藏所在。」

我恍然大悟，低聲道：「原來白老大是要用這四塊鋼板作**誘餌**，等待魚兒上鉤！」

我和宋堅不約而同望向桌上那四塊鋼板，白老大説：「衛兄弟，你多休息吧。」

　　我點了點頭，便**告辭**退了出來，沿着走廊，不知不覺間，竟來到了白素的房間門口。

　　我輕輕地敲門，聽到白素說：「進來吧。」

　　我緩緩地推開門，走了進去，白素看到了，立刻從牀上坐了起來，面上現出**驚駭**莫名的神色！

　　她身上仍然裹着**繃帶**，但面色已經沒有那麼蒼白了。

　　我連忙走到她的牀邊說：「白小姐，你不要吃驚。」

白素擔心地問：「你沒有逃脫嗎？宋大叔騙我！」

我連忙説：「請放心，令尊和七幫十八會的兄弟，已和我 *冰*釋前嫌 了。」

白素 ?似信非信? 地望着我，我在她的牀沿坐了下來，將她冒險熄燈之後的一切經過，詳細地説了一遍，最後問道：「你説我最後的遭遇，是不是幻覺？」

白素認真地思索了一會兒，忽然靈機一動説：「我們

不用憑空猜想，你到櫃子那邊，打開第三個抽屜，將裏面一個 **黃色小盒子** 拿過來。」

我依照她的話去做，把黃色小盒子拿了過來，她打開盒子，裏面原來是一枚小 **襟針**。她示意我靠過來，然後溫柔地替我把襟針扣在近乎衣領的位置上。

我馬上明白了，低聲問：「這是一個 **超微型攝像鏡頭**？」

白素笑了笑，「你真聰明。它已經充好電，可以運作一整天，而且在黑暗中也能 **拍照**，因為它具備最精密的 **紅外線** 拍攝技術。」

「厲害，沒想到你有這樣的法寶。」

白素笑道：「你忘了我爹是哪方面的專家嗎？」

「也是。」我笑了笑。

但白素依然 **憂心忡忡**，「真希望它什麼也拍不到，

可是又不想你有幻覺。」

　　我情不自禁地輕輕吻了一下她的額頭說：「我沒事的，不用擔心。我也不打擾你休息了。」

　　我依依不捨地離開，回到自己的房間去。

我躺在牀上，閉上眼睛，但沒有真正睡着，因為我要等待**敵人**。

約莫過了大半個小時，忽然聽到房門那邊響起一陣陣「**嘶嘶**」的聲音，我將眼睛打開一條縫看過去，發現門漸漸被打開，藉着走廊的光線，看到一個人影**鬼鬼祟祟**地鑽進來，手中還拿着一條貌似**毒蛇**的物體！

可是由於背光，我看不清那人的容貌，只見他身形頗為高大。那到底是真實的？還是我的幻覺？為了找出答案，我二話不説，突然從牀上躍起，直撲向那人，並一拳擊出去。

那人的動作也快得驚人，把毒蛇迎向我的**拳頭**，我連忙將手縮回，同時揮出另一個拳頭擊向那人。

他反應極快，頭一閃避，我的拳頭「**蓬**」的一聲打在門上，擊出了一個**大窟窿**。

我擔心他趁機向我放毒蛇，連忙縮回手來，後退了幾步，等到我定下神來的時候，那人已經帶着毒蛇溜走了。

我**小❤翼翼**地追出去，但見走廊空無一人，難道真是我的幻覺？

我連忙去找白素，告訴她：「剛才那人又來了！還想放毒蛇咬我，但我抓不到他，不知道是不是幻覺。只有它才知道！」我指了指衣服上的襟針。

「好，只要把鏡頭所拍到的片段播放出來，就一清二楚了！」白素拿起**手機**📱，點了幾下，便與那襟針無線連接上了。

「**準備好了嗎？**」她問。

我點點頭，她深吸一口氣，點了一下手機屏幕，播放片段。

　　我和她的頭靠得很近，一起看着那細小的**手機**

屏幕。畫面首先是房間的天花板，因為初時我是躺在牀

上的。接着，鏡頭便急速跳向房門的方向，因為當時我從牀

上撲向門口。鏡頭的位置剛好對着那條毒蛇，原來是一條

眼鏡蛇，片段中連蛇鱗也可以看得十分清楚，實在

觸目驚心。當我那人打出另一拳的時候，鏡頭終

於掃過那人的容貌，白素立刻把片段定格暫停。

我和白素**定睛**看着那人的面容，一時之間難以相信自己的眼睛，齊聲驚呼：「是他！」

白素極力保持冷靜，說：「要盡快讓我爹知道這件事！」

我心中一片**迷惘**？，實在不能相信，幾次害我的，竟會是他。但攝像鏡頭已清清楚楚地將他的面容攝了下來，誰都能一眼認出，他正是飛虎幫的大阿哥**宋堅**！（未完，請看續集——《衛斯理系列少年版12 衛斯理與白素》）

案件調查輔助檔案

歡天喜地

那小姑娘把信交給我，便**歡天喜地**地轉身跑了。

意思：非常高興的樣子。

故弄玄虛

不直接用電話聯繫我，**故弄玄虛**玩這麼多花樣，果然是想拖延我的時間。

意思：故意玩弄花招，使人迷惑。

人迹罕至

帶路的少女已經離開了，這片**人迹罕至**的空地上，只有我和那個女人。

意思：指偏僻荒涼的地方。

勞師動眾

我嘆了一口氣，早知道可以用比特幣交贖金，就不用這樣**勞師動眾**，浪費我的時間。

意思：動用很多人力。

百口莫辯

程警官指住我的鼻尖，此刻我真是**百口莫辯**！

意思：形容事情無法説清楚。

輕舉妄動

但我考慮再三，還是不想**輕舉妄動**，等到了警署再説。

意思：事情沒有經過認真考慮，輕率地採取行動。

蓄勢待發

一直到了近中午時分，程警官終於來見我，我已**蓄勢待發**，準備出手之際，卻見他的面色緩和了許多，並且尷尬地説：「你可以走了！」

意思：指一個人已經準備好，隨時可以展現實力。

面如死灰

只見程警官**面如死灰**，十分尷尬，似乎剛剛也受到上級的嚴厲批評。

意思：臉色慘白，就像灰燼一樣，形容十分驚恐。

一線生機

我實在沒料到白奇偉會用那麼先進的儀器來檢查紙猴上的指紋，幸好他們只測出指紋是在一小時內留下，而非準確到五分鐘內，所以我或許仍有**一線生機**。

意思：很小的生存機會。

無所遁形

這時候，我心中真正害怕的，是他們要我按下指紋來檢查，那麼我就**無所遁形**了。

意思：沒有辦法隱藏形迹。

花容失色

白素**花容失色**地問：「他……他就在附近？」

意思：如花朵般美麗的容貌失去顏色，形容女子受到驚嚇的樣子。

炯炯有神

我心中一凜，循聲看去，只見在一張單人沙發上，坐着一個六十歲上下的老者，方面大耳，雙眼**炯炯有神**，一身淺灰色長袍，氣勢非凡。

意思：目光明亮而有精神。

穩操勝券

白奇偉想以快打慢，急急通過他的方案，看來他收買的人數已過半，**穩操勝券**了。

意思：形容做事時，很有把握取得成功。

深居簡出

白老大望着我説：「衛兄弟，這幾年來，我雖然**深居簡出**，但對於你的為人行事也略有所聞，頗敬你是一條漢子。」

意思：指一個人常待在家中，很少外出。

不打自招

我也知道紅紅早被他們放了出來，我刻意這樣説，只是想令白奇偉**不打自招**。

意思：自己主動招認罪狀。

伸手不見五指

可是，就在我手腕翻起的一瞬間，眼前突然一黑，**伸手不見五指**！

意思：比喻非常黑暗的環境。

呆若木雞

我聽了這句話，猶如受到五雷轟頂，**呆若木雞**！

意思：形容一個人因恐懼或驚異而發愣的樣子。

裝模作樣

馬上有人叫道：「白老大，他分明是逃不出去，才**裝模作樣**走回來，假裝關心小姐的。他如此狡猾，我們怎能放過他？」

意思：故意裝出某種腔調或姿態。

水落石出

白老大説：「這件事必須查清楚，所以請各位留下來暫住幾日，我會和衛兄弟、宋兄弟一起偵查，一定要查到**水落石出**。各位兄弟見諒！」

意思：比喻事情真相大白。

憂心忡忡

但白素依然**憂心忡忡**，「真希望它什麼也拍不到，可是又不想你有幻覺。」

意思：憂愁不安的樣子。

衛斯理系列 少年版 11

地底奇人 下

作　　　　者：衛斯理（倪匡）

文 字 整 理：耿啟文

繪　　　　畫：鄺志德

責 任 編 輯：陳珈悠　彭月

封面及美術設計：BeHi The Scene

出　　　　版：明窗出版社

發　　　　行：明報出版社有限公司

　　　　　　　香港柴灣嘉業街 18 號

　　　　　　　明報工業中心 A 座 15 樓

電　　　　話：2595 3215

傳　　　　真：2898 2646

網　　　　址：http://books.mingpao.com/

電 子 郵 箱：mpp@mingpao.com

版　　　　次：二〇二〇年四月初版

　　　　　　　二〇二〇年七月第二版

I S B N：978-988-8525-71-3

承　　　　印：美雅印刷製本有限公司